나는 외계인이 되고 싶다

나는 외계인이 되고 싶다

현진영 에세이

쉼'

현진영의 말

나는 외계인이 되고 싶다

나는 우주인이 되고 싶었다. 보통 사람들에게 없는 특별한 능력을 지닌 우주인 말이다. 언젠가 “내 꿈은 우주인이에요”라고 했더니 우주인은 돈만 있으면 할 수 있다는 핀잔을 들었다. 아, 그렇지. 코로나 시국에도 아랑곳없이 우주선을 쏘아 올린 일론 머스크는 억만장자가 아니던가. 내가 손꼽히는 부자라면 우주인을 할 수는 있다. 하지만 내가 말하는 건 이런 우주인이 아니라,

"나는 외계인이 되고 싶었다."

영화나 TV를 보면 외계인은 인간이 갖지 못한 경이로운 능력을 지닌 존재로 출연한다. 외계인은 지구 최강 슈퍼 울트라 초특급 어벤져스 정도 돼야 간신히 이길 수 있을 정도의 능력자다. 인간은 감히 소 잃고 외양간 고칠 생각도 하지 못할 만큼 그들의 능력치는 가늠하기 힘들다. 위성에도 잡히지 않는 아메리카 대륙 어딘가, 과거에 지구를 방문했다가 잡힌 외계인이 있다고 믿는 사람들이 있지만 나는 다른 의미에서 그들의 존재를 믿는다. 그래서 이런 상상을 한다. 어느 날 외계인이 나를 납치해서 이름 모를 행성으로 데려간다. 그들은 온갖 최첨단 기계를 동원해 나에게 새로운 능력을 주입하고, 그들의 언어를 가르친 후 다시 지구로 보낸다. 외계에서 다시 태어난 나는 슈퍼맨처럼 하늘을 날 수 있고, 파괴적인 엄청난 힘을 가지고 있으며, 타임

머신을 뚝딱 만들 정도로 천재적인 과학자가 되어 곤경에 처한 인간들을 돕고 지구를 악의 무리로부터 구한다. 그러나 현실에서 나는 한낱 약자에 불과한 평범한 인간이다. 다음 생에는 꼭 지적인 고등생물로 태어나고 싶다.

나는 영화 〈레인맨〉을 좋아한다. 주인공 레이먼드는 자폐성 장애인이다. 그는 사람들과 일반적인 의미의 의사소통이 힘들다. 하지만 신은 언제나 공평하다. 그에게 특별한 능력을 주셨기 때문이다. 숫자를 보면 모조리 외워 버리는 미친 암기력과 빠른 계산 능력이 그것이다. 이 능력 덕택에 동생 찰리는 사업하다 망해서 생긴 엄청난 빚을 갚았다. 현실적인 문제를 해결하고 둘은 함께 여행하면서 돈독한 우애도 쌓는다. 오랜 시간 이 영화를 보면서 레이먼드가 되고 싶었다. 영화를 보는 내내 나는 레이먼드였고, 이미 그와 같은 특별한 능력을 지닌 사람이었다.

간절히 원하면 기적처럼 이루어진다고 했다. 신은 나를 버리지 않았다. 레이먼드와는 다른 능력을 주셨다. 내 몸이 재즈를 기억하는 것이다. 재즈 피아니스트 아버지 덕분에 재즈로 태교했고, 어린 시절 집안을 가득 채웠던 재즈 선율은 나에게 공기와 같았다. 그렇게 스며든 재즈는 내 몸을 이루었다. 이것은 '내가 재즈다'라고 말할 수 있을 만큼 나의 자연스러운 그루브와 소울이 증명한다. 한때는 원망 많은 아버지였지만, 나의 특별한 능력은 아버지로부터 비롯되었고, 그래서 '최초'라는 타이틀은 종종 나의 것이 되었다.

1990년 데뷔를 시작으로 나의 음악적 행보는 파격 그 자체였다. 내가 처음 소개한 힙합 음악이 가진 파괴적인 힘은 우리나라 대중음악에 새로운 시대를 열었다. 수많은 사람이 나를 따라 했고, 대한민국은 열광했다. 그렇게 나는 문화가 되었다.

나는 과거의 인기는 꿈꾸지 않는다.

나는 내일을 꿈꾼다.

나는 외계인이 되고 싶다.

현진영

차례

PART 2

현진영은 살아 있다

내가 SNS를 하는 이유

'최초'라는 수식어

과거는 과거일 뿐

오서운

나는 할 줄 아는 게 음악뿐이다. 음악은 내 인생의 전부다.
드물게 덕업일치를 이룬 복 받은 사람이라 생각한다.

현진영은 살아 있다

2002년, 오랜 시간 준비해서 발표한 4집 앨범[Enter The Dragon(Wild Gangster Hip Hop)]은 나의 마지막 힙합 앨범이 되었다. 4집은 이례적으로 가수 활동 없이 내가 정신 병원에 입원한 일이 뉴스가 되고 대중에게 회자되면서 판매고를 올린 앨범이기도 하다. 모든 방송 무대에서 노래 한 번 부르지 않았다는 말이다. 여기에는 이유가 있었다. 내가 4집을 준비할 당시 내 곁을 지킨 그녀는 나의 사회적 성공보다는 몸과 정신의 회복을 원했다. 강력하게 활동을 막는 그녀에게 화를 내고 설득도 해 보았지만, 그녀 말이 맞았다. 나는 내가 날린 펀치에 맞아 그로기 상태였다. 내가 가는 길에 튼튼하고 강한 버팀목이 되고 싶다는 그녀의 이야기를 듣고 믿음이 갔다. 팬들은 물론이고 나를 믿는 그녀에게 실망을 안겨주고 싶지 않았다. 그녀를 위해서라도 내 몸의 악마를 몰아내야겠다는 생각이 들었다. 다행히 나의 상태는 빠르게 호전되었고, '이번만큼은 재기하기 힘들 것이다'라는 주위의 우려를 잠재우고 기대 이상의 성공을 거뒀다. 나는 한결같은 마음으로 내 곁을 지켜 준 그녀와의 결혼을 결심했다.

5집 앨범을 준비하며 예전의 인기를 되찾길 바라지 않았다. 가요계는 빠르게 변화하고 있는데, 그동안 해 왔던 힙합 장르를 변화없이 답습하기에는 자존심이 상했다. 지금이라면 새로운 장르의 음악을 해도 되겠다는 생각이 들었고 아울러 나의 또다른 성공을 알릴 기회가 될 것이라 확신했다. 그러나 세상만사 쉬운 일은 없다고 했던가. 새 앨범 작업은 더디기만 했다. 속이 타고 통장은 비어갔지만 더딘 만큼 더욱 공들여 녹음했다. 내가 우리나라에서 처음 시도한 힙합이 그러했듯 5집은 대중에게는 낯선 '재즈 힙합' 장르를 표방했다. 이 앨범을 발표하고 매니저의 공금 유용 등 우여곡절도 있었지만 2007년 새로운 매니지먼트사를 만나면서 오뚜기처럼 다시 일어나 앨범 홍보에 박차를 가했다. 5집 앨범의 성공 이후 8년 만에 발표한 〈무념무상〉, 다음 해에 〈내 맘대로〉, 그리고 작년에 발표한 순수 발라드곡 〈나의 길〉까지 꾸준히 음악 작업을 하며 가수의 명맥을 유지하고 있다.

온라인에서는 음악이 빠르게 소비되는 만큼 대중의 반응이 빠른 반면에 예전처럼 하나의 히트곡이 몇 달씩 음악 차트 정상에 있는 것을 찾기 힘들다. 공중파를 비롯한 케이블 채널에서는 화제성이 없는 가수가 설 수 있는 무대가 없다. 현실이 이렇다 보니 음악으로만 어필하길 원하는 가수들의 입지는 좁아질 수밖에 없다. 그럼에도 나는 〈소리쳐 봐〉의 성공 이후 재즈 힙합 가수로 입지를 다진 덕분에 나를 원하는 무대에 꾸준히 설 수 있었다. 재즈 페스티벌에서 우연히 만난 재즈 피아니스트 배장은 교수와 인연이 되어 2016년에는 EBS 스페이스 공감 프로그램에 출연, 배장은 교수와 함께 '이토록 절묘한 만남'이라는 타이틀로 무대를 가졌다. 이 무대에서 연주자들과 끊임없이 교감하며 내가 가진 소울풀한 감정을 전부 끌어내어 관객들에게 새로운 즐거움을 선사했다. 이 무대가 벌써 4년 전이다. 그리고 2018년에는 해외에서 먼저 인정받은 HG 펑크트로닉과 콜라보 콘서트를 열었다. 재즈인들의 축제인 '자라섬 국제 재즈 페스티벌' 무대는 그런 의미에서 나에게 상징적이라 할 수 있다. 요즘은 팟캐스트와 유튜브 채널에서 친근한 이미지로 대중과 적극적으로 소통하며 무대와 다른 즐거움을 만끽하고 있는 중이다.

올해는 가수로 데뷔한 지 30년이 되는 해이다. 지난 30년을 돌이켜 보면 나의 가수 인생이라는 것이 잔잔한 파도가 일렁이는 바다처럼 순탄하지만은 않았다는 사실을 누구나 알고 있다. 잔잔한 바다에 폭풍우를 몰고 다닌 것은 다름 아닌 나였다. 그때마다 가라앉지 않고 꿋꿋하게 일어나 버틴 것도 바보 같은 나였다. 나는 할 줄 아는 게 음악뿐이라 이것만 생각하며 일어섰다. 드물게 덕업일치를 이룬 복 받은 사람이라 생각한다. 그래서 그동안 쌓아온 나의 대중성이 재즈와 만나 멋진 시너지를 낼 수 있도록 항상 변화를 추구하는 '재즈 힙합 가수 현진영'으로 활동을 이어갈 것이다.

현진영은 살아 있다.

<현진영 GO 진영 GO>, 1992

날 두고 떠난 그대가

날 다시 찾아왔나 무슨 이유로

우리 헤어졌던 시간들이

아쉽다고 울며는

그 시간이 다시 다시

내게 내게 돌아갈 수

있을 거라 생각하나 넌

아직도 내가 너를 기다리면서

네 모습 하나 하나 사랑하면서

너만을 위할 거라

착각하며 다가오나

우린 이미 끝난 사인데

너를 기억하긴

너무 너무 너무 너무 힘들어

이젠 내게 다가오지마

난 네가 정말이지 필요치 않아

현진영 GO 진영 GO

날 바라보라고

현진영 GO 진영 GO

이젠 늦었어

현진영 GO 진영 GO

다가오지마

현진영 GO 진영 GO

그런다고 내가 달라지진 않아

날 두고 떠난 그대가 왜

날 다시 찾아왔나 무슨 이유로

그대 날 떠나면 모든 것이

그대 맘에 들어와

행복한 시간들을

만들 거라 생각하며

인사 없이 돌아서더니

왜 다시 너는 내게 돌아오는지 왜

왜 너는 초라하게 눈물짓는지 왜

난 나는 이제 겨우

밝은 햇살 좋아지기 시작했는데

현진영 GO 진영 GO

날 바라보라고

현진영 GO 진영 GO

이젠 늦었어

현진영 GO 진영 GO

다가오지마

현진영 GO 진영 GO

그런다고 내가 달라지진 않아

날 두고 떠난 그대가 왜

나 다시 찾아왔나 무슨 이유로

우리 헤어졌던 시간들이

아쉽다고 울며는

그 시간이 다시 다시

내게 내게 돌아갈 수

있을 거라 생각하나 넌

아직도 내가 너를 기다리면서

내 모습 하나 하나 사랑하면서

너만을 위할 거라

착각하며 다가오나

우린 이미 끝난 사인데

너를 기억하긴

너무 너무 너무 너무 힘들어

이젠 내게 다가오지 마

난 네가 정말이지 필요치 않아

현진영 GO 진영 GO

날 바라보라고

현진영 GO 진영 GO

이젠 늦었어

현진영 GO 진영 GO

다가오지마

현진영 GO 진영 GO

그런다고 내가 달라지진 않아

날 두고 떠난 그대가 왜

나 다시 찾아왔나 무슨 이유로

그대 날 떠나면 모든 것이

그대 맘에 들어와

행복한 시간들을

만들 거라 생각하며

인사 없이 돌아서더니

왜 다시 너는 내게 돌아오는지 왜

왜 너는 초라하게 눈물짓는지 왜

난 나는 이제 겨우 밝은 햇살

좋아지기 시작했는데

그래 모두 다 같이들 내게로 와줘

이제 새로운 나만의 모습을

다시 보여줄게

현진영 GO 진영 GO

날 바라보라고

현진영 GO 진영 GO

이젠 늦었어

현진영 GO 진영 GO

다가오지마

현진영 GO 진영 GO

그런다고 내가 달라지진 않아

연예인은 타고난 관종이고,

나도 그중 하나이며 내가 SNS를 하는 이유이기도 하다.

내가
SNS를 하는 이유

뜻밖의 성공을 거둔 4집 앨범 이후 5집을 발표하기까지 4년이라는 시간이 지나가는 동안 한물간 현진영이 노래를 부를 수 있는 무대는 적었다. 그럼에도 나는 노래를 불러야 했다. 돈을 벌기 위해서라면 객석에 관객이 단 한 명일지언정 그곳이 어디든 무조건 갔다. 옛날 반짝이던 시절의 현진영을 생각하며 이것저것 따지고 가릴 처지가 아니었다. 무대에 설 수 없다면 막노동이라도 할

각오도 되어 있었다. 그만큼 생계유지는 자존심보다 중요한 문제였다. 나에게는 서운이와 아픈 아버지가 있었고, 생계를 책임져야 하는 가장의 무게는 여느 일반인과 다를 바 없었기 때문이다. 그렇다고 가수라는 본분을 잊은 건 아니었다.

2008년 유튜브가 한국어 서비스를 시작한 이후 유튜브의 화제성에 편승하여 나 또한 2010년부터 채널을 오픈, 본격적인 SNS 활동을 시작했다. 무대가 적으니 이렇게라도 대중과 소통을 해야 했다.

대한민국 힙합 문익점! 현진영의 채널

현진영GO진영GO입니다

많은 선후배 가수들이 함께했고,

기타 사회적인 활동을 담았다.

요즘 현진영이 뭘 하며 다니는지 확인할 수 있다.

음악 관련 채널이다.

현진영 먼데이

매주 월요일 오후 5시에 공개한다.
장르 불문 핫한 이슈를 내 맘대로 얘기하고
게스트와 노래도 부른다.
말도 안 되는 진지함과 생각 없이 웃기는 현진영을
볼 수 있다.
예능 관련 채널이다.

최욱·정영진의 매불쇼

팟캐스트계의 레전드!
매주 목요일은 현진영데이!

SNS를 통해서 수십만 뷰를 찍고, 수백 수천개의 좋아요를 받아서 단박에 화제를 불러일으키는 사람이 되고 싶은 욕심은 없다. 물론 그렇게 되면 좋겠지만 무엇보다 노래하는 가수 현진영을 알리는 게 중요하다. 내가 SNS에서 친근한 이미지로 '동네 바보형'이라 불리며 어필해도 기분 나쁘지 않은 이유다. 오히려 이런 이미지가 반전되어 내가 노래할 때 재즈가 어렵지 않은 음악으로 대중이 즐겨들었으면 하는 바람이다. 나를 편하게 생각해줘야 음악이 쉽고 편하게 들리기 때문이다.

연예인은 대중의 관심과 사랑이 없으면 인공호흡이 필요한 존재다. 이런 의미에서 SNS는 대중이 무엇을 상상해도 그 이상을 보여 주고, 소통할 수 있는 꿈의 무대다. 팬들이 주는 칭찬에 설레고, 부정적인 댓글에 욱해서 싸우기도 하지만 대중이나 시장의 흐름을 읽기에 이만한 곳도 없다. 음악 하는 아버지를 관종이라 생각하며 폄하했던 나 또한 관종이 되어 대중의 관심을 갈구한다. 연예인은 타고난 관종이고, 나도 그중 하나이며 그래서 내가 SNS를 끊을 수 없는 것이다.

솔직하게 얘기했다.
나답게.

〈내 맘대로〉, 2017

I can't see you

I got one two three and 노랠 불러 봐

내가 내 맘대로 하는 대로

질러 보는 거야 What you believe

아무것도 듣지 말고 떠나 Tonight

나를 지켜봐 달라 했지

이젠 아무 소용 없는 듯한데

차라리 날 떠나고 앉아 있던 자리에

Right for me, away from me,

I don't want to you back to me

I can't see you

I got one two three and 노랠 불러 봐

내가 내 맘대로 하는 대로

질러보는 거야 What you believe

아무것도 듣지 말고 떠나 Tonight

차라리 날 떠나고 앉아 있던 자리에

Right for me, away from me,

I don't want to you back to me

너를 떠나보내고 나 또한 너만을 원해

더 이상(더 이상) 망설이지 말고 no no no

I can't see you

I got one two three and 노랠 불러 봐

내가 내 맘대로 하는 대로

질러 보는 거야 What you believe

아무것도 듣지 말고 떠나 Tonight

I can't see you

I got one two three and 노랠 불러 봐

내가 내 맘대로 하는 대로

질러 보는 거야 What you believe

아무것도 듣지 말고 떠나 Tonight

I can't see you

SNS는 팬들과 소통할 수 있는 무대가 되었다.
무엇보다 이곳에서의 활동이 재밌다.

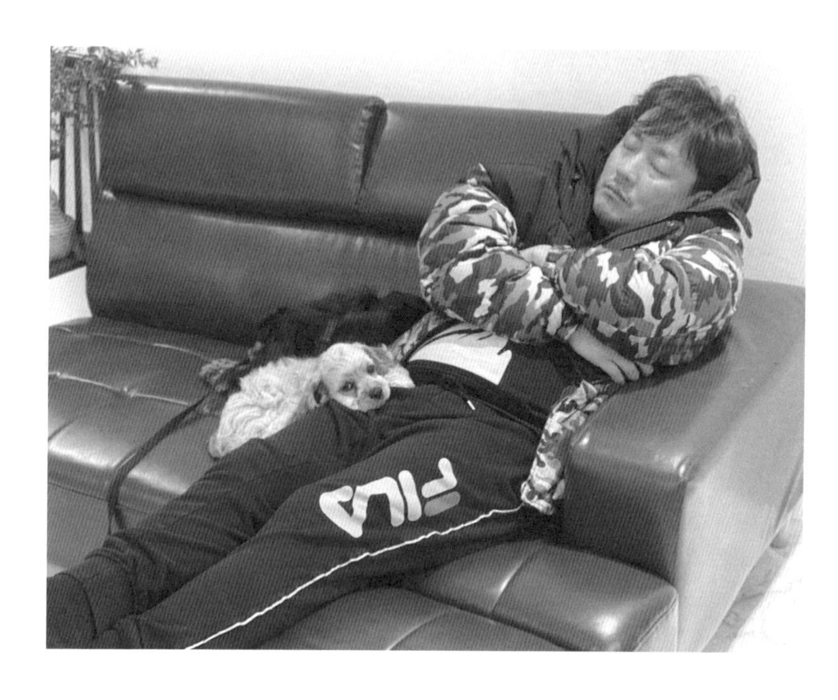
FILA

최초라는 수식어를 나의 이름과 나란히 걸 수 있었던 데에는
남들과 다르게 작동하는 호기심 안테나가 큰 역할을 했다.

'최초'라는 수식어

나는 데뷔 때부터 '최초'라는 수식어를 달았다. 우리나라에 처음으로 힙합 음악을 소개했기 때문이다. 1980년대에 이미 우리 말을 빠르게 부른 가수들이 있었지만, 흑인 음악인 힙합을 본격적으로 부른 것은 내가 처음이었다. 이것은 1집을 발표하고 각종 일간지 타이틀에 '현진영 최초'라는 기사들이 사실을 증명한다. 그리고 힙합 음악에서 빠질 수 없는 후드티의 대중화, 화려한 컬러의 옷,

사이즈보다 크게 입는 지금의 힙합 패션도 내가 최초였다. 〈흐린 기억 속의 그대〉를 부를 때 무대 의상에 부착한 커다란 'X'는 1990년대 'X세대'의 시작이 되었다. 그야말로 현진영은 문화였다. 댄스 가수들이 노래할 때 끼는 헤드셋형 마이크는 또 어떤가. 나는 데뷔 무대 때 노래를 하면서 완벽한 춤을 구사하기 위해 손을 자유롭게 쓸 수 있도록 헤드셋형 마이크를 착용했다. 그 후에 서태지와 아이들, 듀스 등이 적극적으로 활용해서 1990년대 댄스 가수들의 주요 아이템이 됐다.

전성기 시절 나의 춤은 유명했다. 스파크 댄스팀의 숙련된 전문 비보이들을 능가할 정도로 브레이크 댄스 하면 현진영이었다. 몸을 자유자재로 다루는 내 모습을 본 사람들은 미쳤다고 할 정도의 가공할 운동 신경과 인간문화재급 춤 실력에 혀를 내둘렀다. 혹자는 이렇게 말했다.

"11바퀴 턴을 도는 사람은 처음 봤다."

상식적으로 이해가 안 될 정도로, 마치 물리학 법칙을 벗어난 듯한 것들까지 다양한 춤을 구사했다. 스파크 댄스팀에서 활동할 때부터 이름을 날렸다.

박남정 선배가 〈사랑의 불시착〉을 부를 때 백댄서로 활동하며 '조각조각 부서진 작은 꿈들이'로 시작하는 후렴구에 맞춰서 추는 춤을 내가 만들어 크게 유행시켰다. 또한 '토끼춤'을 우리나라에서 처음 춘 사람도 나다. '박남정과 프렌즈' 멤버로 활동했던 이주노 선배가 나의 춤을 보고 방송 무대에서 먼저 추는 바람에 김이 새긴 했지만 토끼춤은 현진영이 최고였고, 처음이 맞다. 춤은 저작권이라는 게 없어서 누구든 자신의 음악에 맞춰 출 수 있는데, 당시에 내가 무대에서 선보였던 춤은 현진영이어야만 그 춤의 맛을 살릴 수 있는 그야말로 현진영 춤이었다. 심지어 무대 위에서 리듬에 맞춰 걷는 사소한

동작조차도 어색함이라고는 전혀 찾아볼 수 없게 춘 사람이 나였다.

이처럼 최초라는 수식어를 나의 이름과 나란히 걸 수 있었던 데에는 남들과는 다르게 작동하는 호기심 안테나가 큰 역할을 했다. 나만의 독특한 정신세계라고 하면 될까. 궁금하면 알아야 했고, 해 보고 싶으면 했다. 나는 보통 사람이 되고 싶지 않았다. 당신과는 다른 시선으로 세상을 보고, 고민하고, 행동으로 옮기는 사람이 되고 싶었다. 이런 생각들은 음악 인생 30년 동안 특별한 것, 나만 할 수 있는 것을 시도하는 원동력이 되었고, 이것이 바탕이 되어 하나의 문화를 만들 수 있었다. 내가 외계인이 되고 싶은 이유가 바로 여기에 있다.

지천명을 살면서 최초를 다시 나의 이름과 나란히 한다는 것은 불가능하다. 그러나 나는 내가 죽을 때까지 하고 싶은 것이 무엇인지 알기 때문에 그저 그 길로 묵

묵히, 최선을 다해 걸어가고 있다. 재즈 페스티벌 무대에서 '최초'로 스탠더드 재즈곡 없이 재즈화한 본인의 노래로 1시간을 공연한 대중 가수, 타고난 그루브와 소울을 바탕으로 천재적인 재즈 가수로 인생 후반전을 시작한 '최초'의 힙합 가수, 어릴 때부터 지금까지 온갖 고난과 역경에도 쓰러지지 않고 불사조처럼 가요계에 남아 있는 '최초'의 가수 현진영. 이 모든 것은 결코 '최초'라는 수식어를 향한 집착에서 나온 게 아니다. '최초'는 나에게 좋을 것도, 싫을 것도 없다. 나와 상관없는 남들이 붙여 준 단어일 뿐 여기에 특별히 의미를 두지 않는다. 하긴, 음악과는 별개로 '최초'라는 타이틀이 붙은 일도 있었다. 마약 사건이 터졌을 때 내가 9시 뉴스 첫 리포트로 나왔다. 이것 또한 아무나 할 수 있는 건 아니다. 그냥 이런 일도 있었다는 옛날 옛적 얘기다.

글로 쓰다 보니 내 기억이 틀릴 수도 있고, 다를 수도 있겠다는 생각이 들었다. 그래서 오랜만에 예전의 기사들을 검색하고 가사들도 훑어 보았다. 혹시라도 책의 내용에 시비가 붙어서 새로운 이슈를 만들 생각은 추호도 없다. 나이가 드니 좋은 것만 기억하고 싶다. 어쨌든 나는 젖 먹던 힘까지 짜내어 글을 썼다. 행여 독자들의 기억과 내 기억이 다르더라도 너그러이 이해해 주시길 부탁드린다.

〈슬픈 마네킹〉, 1990

show-window 안에서

그대는 무엇을 보나요

늘 웃고 서 있는

그대는 무엇이 좋아요

화려한 옷차림 속에서

환하게 웃고는 있지만

그대의 눈동자에 머문

왠지 모를 슬픔 나는 봐요

작은 유리방 안이 답답해

사람들 시선 이젠 싫어

메마른 웃음만 남아

자꾸 슬퍼지는 마네킹

show-window 안에서

그대는 무엇을 보나요

도시를 지키는 그대는 허수아비

신호등 앞에서

조마조마해 하는 사람

연인과 손잡고 즐거워 하는 사람들

유리방에서 내가 본 세상은

알 수 없는 이야기로 가득 차

슬픈 마네킹

메마른 웃음으로

온종일 도시를 지키네

show-window 안에서

그대는 무엇을 보나요

늘 웃고 서 있는

그대는 무엇이 좋아요

밀리는 사람들 물결 속

그 안에 뛰어들고 싶어

그래요 하루를 온종일

홀로 있는 고통 나는 알죠

작은 유리방 안이 답답해

사람들 시선 이젠 싫어

메마른 웃음만 남아

자꾸 슬퍼지는 마네킹

유리방 안이 답답해

사람들 시선 이젠 싫어

메마른 웃음만 남아

자꾸 슬퍼지는 마네킹

내가 죽을 때까지 하고 싶은 것이
무엇인지 알기에 그 길을 향해
묵묵히 최선을 다해 걸어가고 있다.

2집 앨범의 발표로 본격적인 현진영의 시대를 열었다.

차별화된 춤과 랩, 화려한 컬러의 힙합 의상으로 폭발적인 인기를 얻었다.

과거는 과거일 뿐

방송 출연을 하면 많이 듣게 되는 말이 "현진영은 예전에 정말 최고였는데 말이야…"다. 이 말은 내가 활동하는 SNS의 댓글에도 어김없이 등장한다. 맞는 말이라 덧붙이지 않았다. 데뷔 이후 4집 앨범까지 발표하고 활동했을 때 나는 불사조와 같았다. 여러 차례의 마약 사건에도 불구하고 재기에 성공했고 그때마다 대중은 놀라움을 금치 못했다. 그러나 내 인생에 다시 없을 '최악'의

시기이기도 하다. 어쨌든 내가 과거를 얘기하면 자랑을 늘어놓는 것 같아서 쑥스럽지만, 나는 한국 비보이 1세대로 뉴 잭 스윙 힙합 음악을 개척한 선구자 중 한 명 이기도 하다. 나의 과거는 활자화된 팩트이므로 '오만방자한 놈'이라 욕을 해도 사실은 사실입니다.

중학교 2학년 때부터 시작한 스파크 댄스팀에서의 활동은 타고난 그루브의 현진영을 알리는 서막이었다. 한남동 유엔빌리지에서 자란 나는 동네 친구들이 흑인이었다. 그들과 어울려 지내며 흑인 특유의 그루브를 익혔다. 친구들 덕분에 당시 미국에서 막 유행하기 시작했던 춤을 누구보다 빨리 접할 수 있었고, 노래하는 건지 말하는 건지 당최 뭐라고 말하는지 알아들을 수 없는 속사포 같은 랩도 별다른 충격 없이 받아들였다. 나는 일부러 배우려 들지 않았다. 이것은 우리의 놀이였고, 우리 세계의 문화였다. 그러니 현란한 춤을 본 스파크 댄스팀이 나를 영입한 것은 너무나 당연했다.

오랜 투병 끝에 어머니께서 돌아가시고, 병중의 어머니를 돌보느라 모든 재산을 탕진한 아버지마저 몸져 눕는 상태가 되면서 나는 일찍부터 가족의 생계를 책임지는 가장이 되었다. 돌이켜보면 나더러 가장이 되라고 등 떠민 사람은 아무도 없었다. 하지만 일을 할 수 있는 사람이 나뿐이었고, 당연히 내가 벌어야 할 것 같았다. 나는 24시간이 모자랄 정도로 바쁘게 일했다. 새벽에 신문이나 우유를 배달하고 학교에 가서 모자란 잠을 보충했다. 학교가 끝나면 저녁까지 광고지를 돌리거나 식당에서 허드렛일을 했고, 밤에는 이태원 나이트 무대에서 춤을 췄다. 다른 댄스팀으로 옮기고 나서도 무대에 설 곳은 많았지만 제대로 월급을 받지 못했다. 걸핏하면 팀 단장이 돈을 들고 도망갔기 때문이다. 6개월 동안 온갖 핑계를 대며 지급을 미루다 도망간 사람도 있었다. 상황이 이렇다 보니 나는 죽어라 버는데 우리 집은 가스가 끊기고 전기가 끊겼다. 그리고 어느 날 춤을 추고 집으로 돌아가는 길에 한강 다리에서 뛰어내렸다. 그때는 뜻대로 되는 일이 없는 절망의 나날들이었다.

사람들은 말한다, 죽으라는 법은 없다고. 나는 두 번의 자살 시도로 큰 깨달음을 얻었다. 그 뒤로 조금이라도 돈을 더 준다고 하면 앞뒤 재지 않고 무조건 옮겼다. 이렇게 여러 번을 옮기다 보니 각 팀의 시그니처 댄스를 두루 섭렵하게 되었고 브레이크 댄스 외에 재즈, 트위스트 등을 출 수 있게 되었다. 뭐든 하면 할수록 실력은 늘어나고 쌓이는 법이다. 때마침 나의 현란한 댄스 실력을 확인한 다른 클럽 관계자들이 서로 자기네들 클럽의 솔로 무대를 요청했다. 심지어 당시에는 없던 선금까지 준단다. 팀원들과의 의리 따위는 필요 없었다. 뒤도 돌아보지 않고 냉정하게 팀을 탈퇴했다. 어린 나에게 가난의 무게는 두 번이나 삶을 포기하게 했으니 당연한 선택이었다. 이쯤 되면 춤을 추는 무대는 생존이다. 나는 돈이 절실하게 필요했다. 무대를 옮기고 난 후 제때 들어오지 않던 수입은 내가 부르는 대로 받았다. 한

달 수입으로 100만 원까지 받았던 기억이 난다. 그리고 이수만 선생님께 발탁되어 나는 정식으로 SM의 첫 번째 가수가 되었다.

1988년부터 2년간 연습생 생활을 하며 1집 앨범을 준비했다. 〈야한 여자〉를 부른 데뷔 무대에서 발레리노와 같은 가벼운 몸짓의 춤과 '와와'라는 댄스팀이 큰 화제가 되었다. '와와'는 기존의 백댄서 개념과는 달랐다. 그들은 그림자처럼 춤만 추는 백댄서를 넘어 나와 함께 쇼프로에 출연하고, 잡지 촬영까지 함께하는 등 우리는 3인조 그룹처럼 활동했다. 이것도 국내 최초였다. 와와 출신으로 1기는 클론의 '강원래와 구준엽'이 있고, 2기는 듀스의 '김성재와 이현도', 3기는 지누션의 '션'이 있다. 이들 모두 나중에 댄스와 힙합 가수로 명성을 날렸다.(1기와 2기 사이에 1.5기라 부르는 와와에 강원래의 아내인 김송도 있었다.) 최초의 힙합 앨범을 발표한 후 랩을 하고 이들과 함께 춤을 추는 가수 현진영은 대중의 큰 인기를 얻었다. 그리고 문제의 첫 번째 마약 사건이 터졌다. 어린 나이에 갑자기 얻은 인기는 나에게 독이 되어 마약의 유혹에 쉽게 넘어가 버리고 말았다. 때마침 선배 가수들의 마약 사건이 터진 직후라 나에게 더 많은 이목이 쏠렸다.

사건이 마무리되고 〈흐린 기억 속의 그대〉를 타이틀로 준비한 2집 앨범은 가수 현진영의 시대를 열었다. 차별화된 춤과 랩, 화려한 컬러의 힙합 의상으로 폭발적인 인기를 얻었다. 내 인생 최고의 시기이기도 했다. 대한민국은 나에게 열광했고 나는 거침없이 질주했다. KBS 가요톱텐에서 5주 1위, MBC 음악 방송에서 9주 연속 1위, SBS 음악 방송에서 8주 연속 1위를 했다. 그러나 화려한 외면과 달리 돌아가신 어머니에 대한 그리움과 쓰나미처럼 밀려오는 공허함은 어떤 것으로도 채울 수 없었다. 위태롭게 버티는 나를 향해 손짓하는 마약은 그것을 채워줄 수 있을 것 같았고 유혹을 거부하기 힘들었다. 그렇게 두 번째 마약 사건이 터졌다. 이 사건으로 인해 잘나가는 회사가 휘청였다. 나는 갑작스레 활동을 중단했고, 앨범 반품이 이어졌고, 매니저, 직원들까지 모두 조사를 받아야 했다. 이수만 선생님은 2집으로 벌어들인 돈과 개인 자산까지 처분해서 사건을 뒷수습 하셨다. 그 일을 생각하면 지금도 선생님께 죄송한 마음이다.

〈두근두근 쿵쿵〉은 토속적인 아프리카 전통 리듬을 접목했다. 평소에 롤 모델로 생각했던 인순이 선배에게 피처링을 부탁했다. 인순이 선배는 노래의 소울이 지향하는 방향이 나와 같았고, 춤과 노래를 동시에 할 수 있다는 점에서 넘사벽이었다. 지금도 유명한 인순이 선배의 시원시원한 목소리의 피처링과 나의 강한 랩으로 이 노래는 큰 인상을 남겼다. 그리고 1997년에 <흐린 기억 속의 그대>를 함께 만든 이탁과 'I.W.B.H'라는 그룹을 만들어 제작한 앨범은 힙합 명반으로 꼽히며 사랑받았다.

그러나 여기까지였다. 나는 또 마약과 함께 빠져 나올 수 없는 깊은 수렁에 빠졌다. 힙합에 열광하던 팬들의 환호는 더이상 내 귀에 들리지 않았다. 나는 심각한 우울증과 공황장애, 마약 복용으로 인해 스스로 절벽 끝에 선 것이다. 다음 앨범을 준비하며 바닥까지 떨어진 몸과 마음을 수습할 시간이 필요했다. 그러나 절벽이라 생각했던 그곳은 절벽이 아닌 길이었음을 알았다. 4집을 준비하는 동안 내 인생의 후반전을 열어 준 그녀를 만났기 때문이다.

한때 대한민국을 떠들썩하게 만들었던 모 검찰총창은 내 담당검사였다. 아시다시피 〈두근두근 쿵쿵〉은 이별한 연인을 그리워하는 노래다. 헤어진 연인을 생각하면 내 가슴이 울렁울렁 두근두근 쿵쿵한다는 가사에서 '쿵쿵'이 문제였다. LA.로 촬영을 갔을 때, 화장실에서 큰 볼일을 보다가 느닷없이 멜로디가 떠올라 벽면에 정신없이 휘갈겼다. 그런데 화장실에 앉아 볼일을 보는 중에도 나는 불안했을까. 그분의 귀에 '쿵쿵'이라는 단어가 유난히 거슬렸다고 한다. 아니 왜 얘는 사랑을 하는데 도둑놈처럼 가슴이 쿵쿵대냐 이거였다. 그분의 촉은 대단했다. 별것 아닌 노래 가사 하나로 인해 마약 사건 전적이 있는 나를 예의주시하며 주변을 샅샅이 조사했다고 한다. 그래서 주변인이 잡혔고 나도 잡혔다. 취조할 때 그분이 비꼬듯 말하더라.

"왜, 죄를 지으니까 네 가슴이 울렁울렁 두근두근 쿵쿵하디?"

네네, 제 가슴이 저도 모르게 '쿵쿵'했나 봅니다.

〈두근두근 쿵쿵〉, 1993

떠나가는 그대 모습 내 맘속에 그리던 날

떨어지는 낙엽 보며 떨어지는 그대에

눈물에 담겨 있는 너에 대한 회상

이제는 정말 잊지 못해

떠나가는 그대 모습 내 맘속에 그리던 날

다가오는 그리움에 깊어지는 한숨만

나 지금 흘리는 건 아픔 섞인 눈물

언제쯤 그칠 줄 몰라

멀어진 그대 보며

멀어지는 그대 모습 나는 바라보며

희미한 기억 속에 그대 모습

잊혀져 간 그대 모습 나의 모습인가

너의 모습 나의 모습

울렁울렁 두근두근 쿵쿵

너의 모습 나의 모습

울렁울렁 두근두근 쿵쿵

너의 모습 나의 모습

울렁울렁 두근두근 쿵쿵

너의 모습 나의 모습

울렁울렁 두근두근 쿵쿵

헤야 홈마 헤야 홈 헤야 홈마 헤이

워 예 다기리릭딕

날 버리고 떠난 네가 미워

뿌리치고 떠나가 버린 너

하지만 네가 흘리는 눈물이 미워

아무런 의미가 없잖아

날 버리고 떠나가던

니기라 니기라 네가 울기는 왜 울어

안 그래도 니기리 네가 미운데

그러면 그러면 더 그러 더 더 더 미워

떠나가는 그대 모습 내 맘속에 그리던 날

다가오는 그리움에 깊어지는 한숨만

나 지금 흘리는 건 아픔 섞인 눈물

언제쯤 그칠 줄 몰라

멀어진 그대 보며

멀어지는 그대 모습 나는 바라보며

희미한 기억 속에 그대 모습

잊혀져 간 그대 모습 나의 모습인가

너의 모습 나의 모습

울렁울렁 두근두근 쿵쿵

너의 모습 나의 모습

울렁울렁 두근두근 쿵쿵

너의 모습 나의 모습

울렁울렁 두근두근 쿵쿵

너의 모습 나의 모습

울렁울렁 두근두근 쿵쿵

헤야 홈마 헤야 홈 헤야 홈마 헤이

워 예 디기리릭딕

날 버리고 떠난 네가 미워

뿌리치고 떠나가 버린 너

하지만 네가 흘리는 눈물이 미워

아무런 의미가 없잖아

날 버리고 떠나가던

니기라 니기라 네가 울기는 왜 울어

안 그래도 니기리 네가 미운데

그러면 그러면 더 그러 더 더 더 미워

너의 모습 나의 모습

울렁울렁 두근두근 쿵쿵

너의 모습 나의 모습

울렁울렁 두근두근 쿵쿵

너의 모습 나의 모습

울렁울렁 두근두근 쿵쿵

너의 모습 나의 모습

울렁울렁 두근두근 쿵쿵

헤야 홈마 헤야 홈 헤야 홈마 헤이

UNIVERSAL
STYLING

'93 10

MIAMI

MIAMI

나는 나무꾼이었고 하늘에서 내려온 선녀인 그녀를 붙잡아야 했다.
그래야 내가 숨을 쉬며 살 수 있을 것 같았다.

"저기요. 그 자전거 고장 나서 제가 이거 타고 있는 거예요. 다른 데 가서 타세요."

내가 "저…저기요"라고 어렵게 말을 꺼냈구만, 그녀가 나의 말을 가로채서 당차게 말했다. 운동을 하던 그녀에게 첫눈에 반한 나는 말이라도 붙여 볼 생각에 그 옆에서 자전거를 탔다. 그런데 하필 자전거의 체인이 빠져 있었고 헛도는 것도 모르고 30분이나 타고 있었으니 내가 어지간히 한심해 보였을 거다.

"알고 있어요."

이 말을 하기가 무척 창피했다. 나는 대한민국을 뒤흔든 유명인사인데 제대로 말 한마디 못 하고 이런 모지리 같은 모습을 보였으니. 에라 모르겠다, 무시하고 다시 말을 걸었다.

"시간 나면 같이 스쿼시 칠래요?"
"일단은 다른 데 가서 자전거 타시고요, 스쿼시는 내일 치죠."

앗싸! 신이 난 나는 곧장 집으로 갔다. 다른 자전거 따위 눈에 들어올 리 만무했다. 그리고 다음날 설레는 마음을 감추지 못하고 싱글벙글 웃으며 스쿼시장으로 갔는데 그녀는 이미 남자와 한창 치는 중이었다. 그 모습에 순간 눈이 뒤집힌 나는 다짜고짜 소리쳤다.

"야! 이 개새끼야! 저 여자는 나랑 치기로 했는데 왜 네가 여기 있는 거야! 당장 안 꺼져?"

두 사람은 게임을 중단하고 어이없는 표정으로 나를 봤다. 그녀는 속삭이며 남자에게 얘기했고, 남자는 끝까지 시선을 거두지 않은 채 나를 위아래로 훑으면서 스쿼시장을 나갔다. 칫, 네가 그런 눈으로 나를 쳐다본들 어쩌라고! 드디어 그녀와 나의 차례다. 치열했던 게임이 끝난 후 그녀는 내게 소리 지른 이유를 물었다. 마음만 앞섰던 나는 '우리의 약속'이 먼저라고 우겼다. 그녀는 작게 한숨을 내쉬더니 하던 게임은 끝나야 다음 게임을 하는 거 아니냐며 상식적으로 답했다. 또다시 모지리 같은 행동을 보였다. 나도 모르게 흥분해서 어린애가 사탕을 뺏긴 것처럼 행동했다. 그녀 눈에 나는 그저 미친놈이었다.

비록 첫인상은 망했을지언정 인연을 포기할 수 없었다. 망할 첫인상 개나 주라지. 그녀를 향한 시선은 멈추지 않았고 나의 레이더망에 포착된 그녀는 항상 책을 들고 다녔다. 옳지, 이거다.

"그 책 재밌어요? 저 좀 빌려주세요."

그녀가 헬스클럽에 오는 날이면 어김없이 현진영도 나타났다. 만날 때마다 책을 빌려달라는 요구에 그녀는 아무 말 않고 순순히 건넸다. 그렇게 해서 읽지도 않는 책은 어느새 수십 권이 되었고, 드디어 그녀가 책을 돌려달라고 나에게 먼저 말을 걸었다.

"깜빡 잊고 안 가져왔어요. 전화번호 주세요. 밖에서 만나죠."

어설프기 짝이 없는 핑계였지만 전화번호를 받아낸 게

어딘가! 나는 그녀를 만날 때마다 딱 한 권씩 돌려줬고, 그 기간은 자그마치 6개월이나 걸렸다. 6개월의 만남이 데이트라 생각했던 나는 어느 날 그녀를 데려다주며 뽀뽀를 했다. 순간 번개가 번쩍였다. 아찔할 만큼 풀스윙으로 뺨을 맞은 것이다. 나를 기껏해야 동네 오빠 정도로 생각했다는 그녀에게 내가 한 스킨십은 성추행이었다. 아니, 내가 그동안 온갖 정성을 들여 6개월을 만났는데 겨우 생각한다는 게 동네 오빠라니. 심장이 튀어나올 듯 뛰었다. 손짓, 발짓, 몸짓 모두 동원해서 나의 진심을 전했고, 다행히 그녀가 승낙했다. 휴….

4집을 준비하는 동안 나는 양평의 고모 댁에 머물렀다. 집중할 곳이 필요했기 때문이다. 당시 나는 수렁에 빠져 허우적대고 있었다. 그녀를 만나러 나가야 하는데 그럴 힘조차 남아 있지 않았다. 강남에 사는 그녀에게 이런 사정을 설명하고 양평으로 와 줄 수 있는지 물었고 그녀는 많이 놀랐는지 한달음에 달려왔다. 그때를 떠올려 보면, 나는 나무꾼이었고 하늘에서 내려온 선녀인 그녀를 반드시 붙잡아야 했다. 그래야 내가 숨을 쉬며 살 수 있을 것 같았다. 그렇게 4집 앨범 작업이 끝날 때까지 선녀 옷을 꽁꽁 숨겨두었다. 한참 뒤에 그녀에게 왜 그때 집에 가지 않았었는지 물었다. 그녀의 대답에 나는 전율했다.

"오빠, 그 당시 오빠는 세상에 오롯이 혼자 서 있는 사람처럼 느껴졌어요. 한없이 가엽고 불쌍하고 두려움에 떨고 있는 한 마리 새처럼요. 다들 외면한 채 오빠 혼자 서 있는데 나까지 가면 오빠가 사라질까 봐 도저히 갈 수가 없었어요. 나는 오빠가 가는 길에 든든한 버팀목이 되고 싶어요."

모든 작업이 끝나고 앨범을 발매하는 첫날, 그녀는 나를 정신 병원에 입원시켰다. 새 음반이 나왔으니 활동을 해야 마땅한데 그녀는 단호했다. 내가 지금 모습으로 절대 오래 버티지 못할 것이라고 했다. 온전치 못한 정신으로 활동을 시작하면 다시 쉽게 유혹에 빠질 수 있고, 극단적인 선택을 할 것 같다고 했다. 하지만 나는 미칠 것 같았다. 그렇지 않아도 '감옥 갔다 온 놈'이라는 꼬리표가 붙어 있는데 정신 병원이라니 있을 수 없는 일이었다. 당시에는 지금처럼 정신병을 드러내 놓고 말할 수 있는 사회적 인식이 바뀌기 전이었다. 만에 하나 우울증이나 공황장애 같은 병이 생기면 미친 사람으로 보일 수 있으니 쉬쉬하며 숨기기 급급했던 때였다. 그랬던 시절에 그녀의 행동은 과감하고 냉정했다. 나는 생각했다. 그녀는 나의 버팀목이 되기 위해 자신의 스케줄까지 버리고 내 곁을 지켜준 사람이다. 그런 그녀를 위해서라도 내 안의 악마를 몰아내야겠다고 생각하고 미련 없이 병원행을 결정했다.

병원으로 가기 전에 기자회견을 열었다. 여차저차한 사정으로 4집 앨범 활동을 잠시 접고 정신 병원에 입원한다는 내용이었다. 그러나 언론은 내 말을 그들의 언어로 재해석해 떠들었다. '마약 중독 치료'가 헤드라인이었다. 정정하지 못했고 하지도 않았다. 정신 병원에 입원하는 것은 사실이니까. 병원에 있는 동안에도 나는 연예인이었다. 언론은 화려한 모습은 사라지고 초췌한 모습의 현진영을 카메라에 담아 여과 없이 방송했다. 퇴원 후에 곧바로 4집 타이틀곡인 〈요람〉으로 복귀했을 때조차 따라오는 질문들은 '마약 중독 치료 소감'이었다. 〈요람〉은 차마 말로 표현할 수 없었던 어머니를 향한 그리움을 담아 따뜻했던 어린 시절을 떠올리며 만든 노래다. 나는 이 이야기를 하고 싶었다. 그러나 그들이 만드는 요리에 나의 어두웠던 과거는 메인 재료였고, 음악은 양념이었다.

정신 병원의 폐쇄 병동은 사람을 더 미치게 했다. 통신 장비라고는 전혀 없는 독방에서의 생활, 밤마다 같은 시간에 문 앞으로 와서 박수치는 사람까지 모든 것들이 내 남은 정신을 박박 긁어갔다. 약물 없이 상담만으로 진행하는 치료도 견디기 힘들었다. 이런 나를 예상이라도 한 듯 그녀는 병원 측에 양해를 구하고 매일 들러서 상태를 확인했다. 당시 그녀는 오랜만에 배우 활동을 준비하고 있었다. 예정대로 일본에 가면 계약을 끝내고 바로 드라마에 출연할 수 있었지만 그녀는 그렇게 하지 않았다. 국내 드라마 출연 기회도 포기했다. 그녀는 오로지 나만 생각했다. 이런 그녀의 희생에 보답이라도 하듯 나는 빠르게 호전되었고 3개월 만에 퇴원했다.

그녀의 이름은 오서운이다.

♪ 〈요람〉, 2002

처음 태어나 잠들던 침대가

몹시도 그리워 어린 시절이 Oh baby

이런 말 할 때가 이미 찾아와 버린 건

어른이 되 간다는 짐이 힘겨울 때

baby baby baby

어려운 일에 부딪쳐

스스로 이기지 못해

baby baby baby

누군가 필요하지만

누구도 곁에 없잖아

날 위해 어두운 세상이

날 삼키려 한 적 있었지

그럴 때 나의 모습

반항 속에 울었었고

차라리 아무것도 모른다면 좋겠다고

부모님 손 안으로 돌아가고 싶다 했지

어느새 커져 버린 나 이제

혼자 해결해 희망과 악수를 하면

두려울 게 없잖아

더 이상 내 모습들은

요람 속에 있진 않아

세상 속에 던져진

내 자신에 난 익숙해

baby baby baby

어려운 일에 부딪쳐

스스로 이기지 못해

baby baby baby

누군가 필요하지만

누구도 곁에 없잖아

날 위해 어두운 세상이

날 삼키려 한 적 있었지

그럴 때 나의 모습

반항 속에 울었었고

차라리 아무것도 모른다면 좋겠다고

부모님 손 안으로 돌아가고 싶다 했지

어느새 커져 버린 나 이제 혼자

해결해 희망과 악수를 하면

두려울 게 없잖아

더 이상 내 모습들은

요람 속에 있진 않아

세상 속에 던져진

내 자신에 난 익숙해

X

사진 | 온뜰에피움 스튜디오

나의 아버지 1

나의 아버지 2

나의 아버지 3

인생을 담은 노래

나의 길

아버지는 우리나라 재즈 음악을 위해 어떤 일을 하셨는지 알고 계셨을까.
나는 아버지 덕분에 재즈 무대에 성공적으로 데뷔했는지도 모르겠다.

나의 아버지 1

엄청난 재력가였던 증조부 덕분에 그분의 손자인 아버지는 내추럴 본 금수저였다. 아버지는 서울대 법대를 졸업한 후 일본으로 유학, 동경대 철학과에 입학했다. 그곳에서 우연찮은 기회에 재즈를 접했다고 한다. 어릴 때부터 익힌 피아노 실력을 바탕으로 재즈 피아노에 빠져서 훗날 일본에서 열린 음악 축제에 초청 받기도 했다. 그리고 1954년, 아버지는 마치 정해진 길처럼 본격적인 재즈 피아니스트의 삶을 시작했다. 미8군 부대는 아버지의 데뷔 무대였다.

아버지는 할아버지의 재산 덕분에 전자 오르간을 국내에 처음 들여와 명동에서 연주했다. 아버지는 우리나라 최초의 재즈 빅밴드인 '트리플 A'를 결성, 미8군을 중심으로 활동했다. 공연은 무료였지만 밴드의 구성원들에게 지급되는 봉급은 자비였다. 아버지는 주머니를 털어도 아깝지 않을 만큼 재즈에 올인했다. 아버지와 밴드 활동을 함께했던 분 중에는 당대 최고의 색소포니스트이자 작곡가였던 이봉조 선생님, 우리나라 락 음악의 대부 신중현 선생님이 계셨다. 재즈 색소포니스트이자 작곡가로 알려진 길옥윤 선생님과 함께 연주를 하며 활동한 일도 있다. 아버지는 활동하면서 가요를 재즈로 리메이크한 앨범을 여러 장 발표하여 많은 사랑을 받았다. 이 모든 이야기는 아버지 사후에 재즈계의 원로로부터 들어서 알게 되었다. 항상 허세 가득했던 아버지로부터 내가 직접 들은 이야기는 별로 없다.

아버지가 군부대 위문 공연을 준비할 때였다. 군사 경험이 없는 아버지는 고민하셨다. 재즈는 소울인데 군인들에게 이 소울이라는 것을 어떻게 전할 것인가. 고심 끝에 이불을 들고 마당으로 나가시더니 한겨울임에도 불구하고 이불을 깔고 누우셨다. 감기몸살도 불사한 야외 취침이었다. 고생하는 군인들의 심정을 조금이라도 헤아리고 싶으셨던 것이다. 아버지는 깜깜한 밤하늘을 보며 무슨 생각을 하셨을까. 얼굴 위로 떨어지는 차가운 눈은 아버지에게 어떤 영감을 주었을까. 이런 아버지의 노력 덕분인지 위문 공연은 성공했다. 낯선 재즈를 듣고 많은 군인들이 눈물을 흘렸다고 한다. 재즈 음악을 들으며 반응하는 그들을 보면서 아버지는 분명 보람을 느꼈을 것이다. 비록 당신은 감기로 고생하셨지만 말이다.

그리고 기억나는 게 또 있다. 힘 있는 정치인이 아버지에게 행사 반주를 부탁했는데 남의 행사에 반주하는 게 싫어서 안 간다고 버텼다. 막판에는 관계자들이 집으로 찾아와 얘기를 하면서 악기를 만졌고, 아버지는 그 자리에서 망치를 들고 와서 수천 만원 하는 비싼 악기를 모조리 때려 부셨다. 재즈 피아니스트로서 아버지가 갖고 계셨던 자존심의 크기가 얼마만큼인지 짐작할 수 있는 대목이다.

아버지는 재즈를 가요에 접목한 최초의 뮤지션이었다. 당시에 가요를 재즈 연주로 리메이크해서 앨범을 낸 사람이 우리 아버지밖에 없었다. 아버지를 한마디로 정의하자면 요즘 말로 '또라이' 그 자체였다. 아버지의 음악 세계는 일반인이 이해하기 힘든, 말로 표현하기 힘든 그 어떤 것이라고 할까. 음악이 재즈이기 때문에 더욱 그런지도 모르겠다. 허세 가득하고 또라이 같은 아버지의 특별한 음악 세계는 아들인 내가 그대로 물려받았다. 나와 아버지의 음악이 늘 최초라는 수식어를 달고 다녔으니 말이다.

우리나라 재즈 음악계에 한 획을 그으신 아버지. 지금도 가끔 원로 재즈 연주자들로부터 아버지에 관한 에피소드를 듣곤 한다. 아버지는 우리나라 재즈 음악을 위해 어떤 일을 하셨는지 알고 계셨을까. 아마 나는 아버지 아들이라서 재즈 무대에 성공적으로 데뷔했는지도 모르겠다. 아버지의 그루브와 소울을 그대로 물려받은 나는 진심으로 아버지께 감사 드린다.

아버지는 우리나라 1세대 재즈 피아니스트 '허병찬'이다.

음악적으로는 세상의 온갖 미사여구를 붙여 극찬해도 아깝지 않은 분이지만, '현진영 아버지'로서는 빵점이었다. 아버지는 챙기는 게 귀찮아서 산타클로스 따위는 없다고 말씀하셨고 자식의 성장을 위한 가정 교육도 없었다. 내가 생활고의 무게에 시달리며 힘든 나머지 두 번이나 자살 시도를 했을 때에도, 마약 때문에 구치소에 있을 때에도, 우울증과 공황장애 등의 병으로 병원에 입원했을 때에도 아버지는 기댈 수 있는 나무가 아니었다. 내 어린 시절 유엔빌리지에 있던 우리 집은 방만 15개, 화장실이 7개, 수영장까지 있는 저택이었고, 이 외에 한남동 맨션, 한양대학교 뒷산, 이태원 땅 등 아버지가 갖고 있던 재산은 어마어마했다. 그러나 아버지는 아픈 아내를 위해 이 모든 것을 아낌없이 처분했다. 아버지에게는 오직 지병으로 8년 동안 투병 생활을 하고 있는 아내가 전부였던 것이다. 아내가 뭘 하고 싶다는 말만 내비쳐도 역대급 스케일로 해 주셨다. 친구들과 화투를 치면 즐거워하는 아내가 집이 멀어서 자주 만나지 못하자 그 친구들이 집 근처에 살 수 있도록 금전적으로 도와주셨고, 섬유공장, 명동과 을지로의 카페 등이 그것이었다. 사정이 이렇다 보니 어머니 사후에 우리에게 남은 것은 반포의 전셋집과 아버지 지갑에 든 오만 원이 전부였다. 그리고 아버지가 쓰러지셨다.

♪ 〈흐린 기억 속의 그대〉, 1992

안개빛 조명은 흐트러진 내 몸을 감싸고

술에 취해 비틀거리는

나의 모습 이제는 싫어

뿌연 담배 연기 화려한 차림 속에

거울로 비쳐오는

초라한 나의 모습

변화된 생활 속에 나만의 너는

너는 너는 잊혀져 가고

연인들의 열기 속에

흔들리는 촛불마저

나를 처량하게 만드는 것만 같아

견딜 수 없어

싸늘한 밤거리를 걷다가

무거워진 내 발걸음

흐린 기억 속에 그대

그대 그대 모습을

사랑하고 싶지만

돌아서 버린 너였기에

멀어져 버린 너였기에

소중한 기억 속으로

접어들고 싶어

흘러가는 시간 속에

나의 모습 찾을 수가 없어

흐트러진 나의 마음

무질서한 공간에서

슬픔에 찬 나의 마음

이젠 이젠 이젠 이젠

잊고 싶어

내 곁에 있어 줄 수 없나 왜

내 마음 모두 남겨 버린 채

내 곁에서 멀리 떠나가 버린

흐린 기억 속에 그대 모습 떠올리고 있네

하 하루 지나고 지나도

왜 너를 잊을 수가 없는가

내 곁에서 멀리 떠나가 버린

흐린 기억 속의 그대 모습 떠올리고 있네

싸늘한 밤거리를 걷다가

무거워진 내 발걸음

흐린 기억 속에 그대

그대 그대 모습을 사랑하고 싶지만

돌아서 버린 너였기에

멀어져 버린 너였기에

소중한 기억 속으로

접어들고 싶어

접어들고 싶어

흘러가는 시간 속에

나의 모습 찾을 수가 없어

흐트러진 나의 마음

무질서한 공간에서

슬픔에 찬 나의 마음

이젠 이젠 이젠 이젠

잊고 싶어

<소리쳐 봐>는 내가 만들어서 불렀지만 아버지가 완성한 곡이다.
그래서 이 곡을 불러야 할 자리에 가면 만감이 교차한다.

나의 아버지 2

병원에서 퇴원한 후, 새로운 장르의 재즈 힙합 음악을 준비했다. 이미 1993년부터 마음먹었고, 재즈를 공부하면서 생긴 궁금증을 풀기 위해 미국에 가려고 했지만 비자를 받지 못했다. 아쉬운 대로 미국의 음대 교수들과 이메일을 주고받으며 음악적 궁금증을 해소해야 했다. R&B를 배우기 위해 흑인들이 다니는 교회에서 성가대 활동을 하려고 평택 오산을 오갔던 때도 있었다. 그렇게 해서 만든 곡이 〈Break me down〉이다. 오래전부터 재즈 힙합을 하기 위해 많은 것을 배우고 익혔기 때문에 곡을 만들고 녹음하면서 자신 있었다. 아버지는 재즈를 하신 분이니 여러 가지 조언이 있을 거라 생각해서 가장 먼저 녹음한 CD를 드렸다. 그런데 아버지는 "다시 해"라고 하셨다. 이유는 없었다. 무엇이 모자라고 부족한지 모른 채 녹음하고, 녹음하고, 또 녹음했다. 그 횟수가 10번을 넘어가고 20번을 넘어가니 속이 탔다. 제작비가 바닥나서 빚을 내서 녹음했다. 어느 날은 가느다란 하이톤의 목소리가 재즈 힙합 음악에 어울리지 않는 것 같아서 굵은 목소리를 내려고 체중을 130kg 이상 늘였다. "목소리가 왜 이렇게 가늘어?"라는 아버지의 말씀도 체중을 늘인 이유중 하나였다. 무리하게 체중을 증가시켜서 배와 가슴에 살이 붙었고 갈비뼈가 열리니 음색이 달라졌다. 나를 비롯한 스텝 모두 만족했다. 그러나 아버지만은 "다시 해"였다. 왜 "다시 해"인지 설명은 없고 대신 트집은 있었다. "스모 선수라도 할 생각이냐? 몸이 그게 뭐야?" 같은 말씀은 사람을 미치게 했다. 녹음을 무려 40번을 넘게 하는 동안 앨범 4~5장은 내고도 남을 돈을 썼다. 다시 하라는 이유도 모른 채 나에게는 자존심은 무너지고 오기만 남았다. "이게 무슨 재즈야?"라는 말을 들었을 때는 아버지의 모든 말이 나를 비꼬고 트집 잡아서 재즈를 못 하게 하려는 못된 심보로밖에 이해되지 않았다. 나중에는 전화 통화를 하다가 너무 화가 나서 막무가내로 욕을 퍼붓고 전화를 끊었다. 그리고 나는 오랜만에 깊은 잠에 빠져들었다. 꽤 긴 시간을 잔 것 같았다. 서운이가 나를 흔들어 깨웠다.

"아버님 수술하셨는데 위독하시대…."

병원으로 달려가 아버지를 만났다. 심폐소생술을 하는 도중에 고개를 떨구는 아버지의 흐릿한 눈빛은 더 이상 내가 아버지로부터 어떤 말도 들을 수 없다는 것을 알려주는 것 같았다. 나는 끝내 "다시 해"의 이유도 알지 못한 채, 낳아주신 부모에게 욕이나 퍼붓는 호래자식이 되었다. 결국 유언 한마디 남기지 않고 돌아가신 아버지를 원망하며 앨범을 발표할 수밖에 없었다.

아버지와 마찬가지로 나 또한 일찍부터 피아노를 배웠다. 피아노를 배우고 집으로 돌아오면 아버지의 질문은 정해져 있었다.

"피아노 쳤냐."
"체르니 ㅇㅇ번 쳤어요."

나의 대답을 듣고 아버지는 조용히 피아노 앞에 앉아 코드를 하나 치셨다. 그리고 예를 들어 코드 하나를 누르면서 "네 마음대로 쳐 봐"라고 하셨다. 코드가 무엇인지, 어떻게 풀어야 하는지 등에 관한 설명은 없었다. 그러니 '네 마음대로 쳐 봐'라는 말씀은 고역 그 자체였다. 내 멋대로 친 스케일이 아버지 마음에 들면 내 손에는 두둑

한 용돈이 주어졌다. 그날 나는 자유다. 밖에 나가서 친구들과 신나게 놀 수 있다. 그런데 스케일이 부족하다는 생각이 든다면? 우리 집에는 다음날까지 해당 코드의 재즈가 흘러나왔다. TV를 켤 수 없는 건 당연지사다. 어린 마음에 무엇이 당신 마음에 들지 않는지 알고 싶었지만, 설명 따윈 없었다. 자식에게 자상한 아버지가 아니었다. 아버지가 가르치는 방식은 학생이 직접 답을 찾게 하는 것인데, 문제는 답을 찾았을 때조차 알려주지 않는다는 것이다. 그래서 한동안 '아버지에게 음악을 배웠다'라고 말하지 않았다.

아버지가 세상을 떠나고 유품을 정리하면서 오래된 낡은 박스 하나를 열었다. 박스 안에는 '현석이 스케일 학습 테잎'이라고 적힌 테이프가 가득했다. C부터 B까지 코드별로 빼곡하게 정리된 것을 본 순간 나는 뒤통수를 맞은 기분이었다. 지난 어린 시절이 떠올랐다. 하루 종일 집안을 장식했던 재즈 선율은 아버지의 '네 마음대로 쳐 봐'가 부족했을 때 다음날까지 해당 코드의 재즈 음악만 들려주신 거였다. 비록 아버지로부터 하나하나 이론으로 디테일하게 배우진 않았지만 나는 몸으로 그 코드들을 받아들이고 풍부한 스케일을 익힌 것이다. 나는 음악 하는 아버지로부터 음악을 배운 게 맞았다. 그것도 제대로 배웠다. 깨닫는 순간 박스를 끌어안고 얼마나 울었는지 모른다. 돌아가시기 전날 호래자식처럼 욕을 퍼붓고, 아버지로부터 음악을 배운 일이 없다고 원망했던 나의 빌어먹을 마음과 행동 전부가 죄송하고 서러웠다. 아버지 자격을 말할 게 아니라 부모 마음도 모르는 자식은 그의 자식으로서 자격이 없었다. 이 불효를 어떻게 할 건가.

〈소리쳐 봐〉를 발표한 후 한참 뒤에 싸이더스HQ 정훈탁 대표로부터 연락이 왔다. 그는 소속사 계약을 하면서 〈소리쳐 봐〉와 같은 음악을 계속 듣고 싶으니 그것처럼 만들어 달라고 했다. 그러나 이 곡은 내가 만들어서 불렀지만 아버지가 완성한 곡이다. 아버지가 안 계시면 불가능하다는 말이다. 그래서 그런지 이 곡을 불러야 할 자리에 가면 만감이 교차한다. 아쉬움, 원망, 그리움 같은 단어들 속에 아버지가 계셨다.

⟨소리쳐 봐⟩, 2007

<Break Me Down>, 2006

소리쳐 봐 말해 봐 내 곁에

사비 두비 두비 다바 두비 두바

I just want you to break me down

떠벌여 떠들어 봐 맘을 닫지 말아 봐

세상을 바라 봐 삶이 굽이굽이 전부 다르지만

I just want you to break me a down

이제 너도 나를 바라보라고

살아가는 길을 되짚어 써 봐

아픔이 수많은 밤마다 있었니

키워갈 행복 찾아 커버린 많은 시련을

우린 스쳐가지

부딪쳐봐 다가와 내 곁에

사비 두비 두비 다바 두비 두바

I just want you to break me down

꺼내봐 내밀어봐 모두 나와 나눠 봐

전부를 걸어 봐 삶이 돌고 돌아가서 모르지만

I just want you to break me a down

무릎 꿇지 마라 누가 뭐래도

Everytime 넌 고민하고 있잖니

Everytime 넌 어떤 길로 갈까 망설이네

두비루 두비루 두비스 둡바리 두밤바

두비루 두비루 두비스 주위를 둘러봐

이젠 혼자가 아니야

소리쳐 봐 말해 봐 내 곁에

사비 두비 두비 다바 두비 두바

I just want to break me down

떠벌여 떠들어 봐 맘을 닫지 말아 봐

세상을 바라 봐 삶이 굽이굽이 전부 다르지만

I just want to break me a down

이제 너두 나를 바라 보라고

Everytime 더 자유롭고 싶잖니

Everytime 더 높은 곳을 향해 날고 싶니

두비루 두비루 두비스 둡바리 두밤바

두비루 두비루 두비스

꿈이 있잖아 이젠 내 손을 잡아 봐

부딪혀 봐 다가와 내 곁에

사비 두비 두비 다바 두비 두바

I just want you to break me down

꺼내봐 내밀어봐 모두 나와 나눠 봐

전부를 걸어 봐 삶이 돌고 돌아가서 모르지만

I just want you to break me a down

무릎 꿇지 마라 누가 뭐래도

Yeah 너를 너를 사랑해 You're mine

I just want you to break me know

혼자만이 겪는 고통

Feel my soul I just let me go

I just want you let me know

다 보라고

Feel my soul and I by my side

모든 것을 전부 내게 걸어 줄게

I just want you let me know

아쉬움, 원망, 그리움 같은 단어들 속에

아버지가 계셨다.

나는 종종 "나는 재즈다"라고 말하고 다닌다.

이게 모두 아버지 덕분이다.

나의 아버지 3

만약 흐르는 물이 있다면, 아버지는 물이 흐르는 이유를 알려주시는 게 아니라 나 스스로 물이 흐르는 이유를 알아내길 원하셨다. 음악도 마찬가지였다. 코드 진행을 알려주신 게 아니라 그에 맞는 음악만 들려주셨다. 이런 아버지의 교육 방식 덕분에 나는 남들보다 더 자유로운 생각과 마음으로 재즈를 할 수 있게 되었다. 모두 아시는 바와 같이 나는 정규 교육에서 배운 것은 별 볼 일 없다. 하지만 나 자신이 재즈에 있어서만큼은 그 누구에게도 뒤지지 않는다고 자신할 수 있다. 그래서 나는 종종 "나는 재즈다"라고 말하고 다닌다. 이게 모두 아버지 덕분이다. 내가 재즈 뮤지션으로 인정받게 된 것은 아버지 아들이었기 때문이다. 어쩌다 음악이 마음처럼 풀리지 않으면 관계자들은 이렇게 말하곤 했다.

"야, 허병찬 씨 아들인데 왜 그러냐?"

〈소리쳐 봐〉의 재즈 버전은 스윙이라 흥겨운 리듬이다. 재즈로 부를 때는 연주 중에 그루브를 타게 되는데 나는 그 그루브가 자유롭고 자연스럽다는 걸 느낀다. 이때마다 아버지의 "다시 해"의 의미가 이런 게 아니었을까 생각하게 된다. 재즈는 소울이고, 소울은 인생의 경험치에서 나오는 것인데 당신이 생각하시기에 〈소리쳐 봐〉를 녹음할 때의 나는 재즈의 소울을 제대로 표현할 수 없다고 판단하신 것 같다. 아버지 기준에서 재즈를 하기엔 너무 이른 나이였다. 내가 가수 생활을 하며 최고를 찍었고, 감옥 생활도 했고, 정신과 치료를 받으며 힘들었던 건 인생의 경험치에도 못 드는 것이었다. 하지만 이제는 아버지의 마음을 이해한다. 녹음할 때 만족했던 〈소리쳐 봐〉의 음색과 음악적 표현이 지금 무대에서 부르는 〈소리쳐 봐〉와 다르다는 것을 느낀다. 시간이 정답이었다. 아마 듣는 사람들은 변화한 걸 모르겠지만 확실하게 다르다. 친척들 모임에 나가면 듣는 말이 있다.

"넌 성질이나 음악하는 거나 네 아비를 쏙 빼다."

대학에서 강의할 때 나의 교육 방식은 어처구니없게도 물이 '왜 흐르는지 알아 오라는 것'이었다. 어린 시절 그렇게 치를 떨며 싫어했던 아버지의 교육 방식이 어느새 내 것이 되어 학생들을 가르치고 있었다. 프로듀서로 후배들과 녹음할 때도 마찬가지다. 과정은 혹독하지만 결과는 흡족했다.

〈Paradise〉, 2006

Back off 이제 곧 그 꿈을 이루고

지쳐 버린 가슴에 먼지를 치우고

이 고난과 어둠의 사이 지나서 밝은 길로

Back off 이제껏 상처를 비집고

비틀대던 뱃속에 과거를 부수고

늘 그려왔던 Paradise

I'm gonna make it paradise

되는 일도 하나 없는 삶

술 한 잔에 버텨가면서

희망 없이 사는 시간들

기나긴 한숨을 덜어 줄

누구 하나 없는 세상아

사람들은 눈물로

매일매일 겁 주는 결론이 뭐니

Maybe

세상이 미쳐 맛이 갔네요

하지만 Baby

Come come on baby

아무리 어려워도

다 같이 건배

지화자 얼씨구나 힘내요

우리가 미래

Come come on baby

I'm gonna make it paradise

Back off 이제 곧 나쁜 걸 뒤집고

지쳐 버린 가슴에 기쁜 걸 채우고

이 고난과 어둠의 사이 지나서 밝은 길로

Back off 이제껏 고배를 마시고
비틀대며 숨 쉬던 날들을 버리고
늘 그려왔던 Paradise
I'm gonna make it paradise

Maybe
세상이 미쳐 맛이 갔네요
하지만 Baby
Come come on baby
아무리 어려워도
다 같이 건배
지화자 얼씨구나 힘내요
우리가 미래
Come come on baby
I'm gonna make it paradise

어려움뿐인 날이 허무하다고

고개를 떨구지 마

이대로 주저앉은 네 모습을 봐

좀 더 멋지게 견디지 왜

홀로 시간이 가는 데로

멍하니 가니 그 길로

Back off 이제 곧 그 꿈을 이루고

지쳐 버린 가슴에 먼지를 치우고

이 고난과 어둠의 사이 지나서 밝은 길로

Bakc off 이제껏 상처를 비집고

비틀대던 뱃속에 과거를 부수고

늘 그려왔던 Paradise

I'm gonna make it paradise

Maybe

세상이 미쳐 맛이 갔네요

하지만 baby

Come come on baby

아무리 어려워도

다 같이 건배

지화자 얼씨구나 힘내요

우리가 미래

Come come on baby

I'm gonna make it paradise

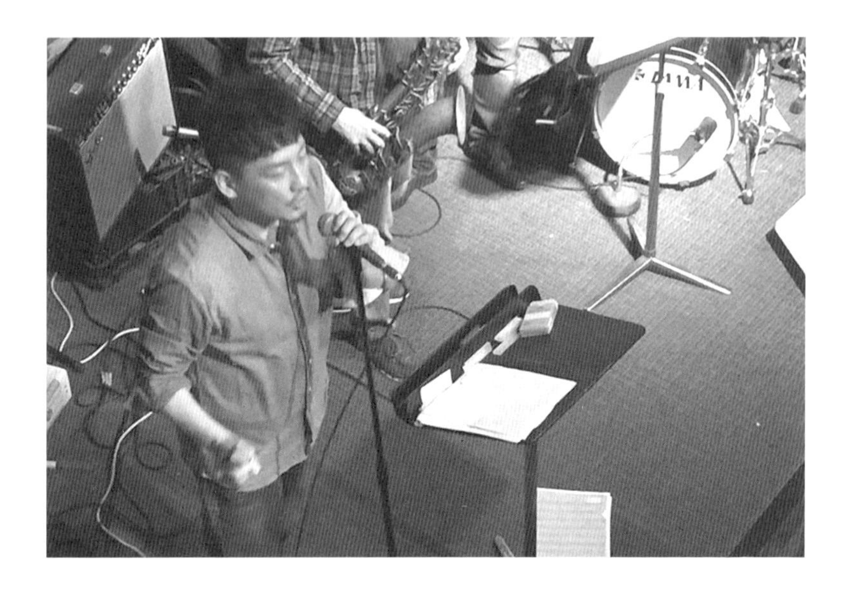

12월 중순, 추위가 절정일 때 노숙을 하려고 무작정 서울역으로 갔다.
그곳에 있는 사람들의 얘기를 듣기 위해서였다.

인생을 담은 노래

재즈는 소울이다. 노래를 만든 사람, 부르는 사람의 인생이 음악에 녹아있다. 〈소리쳐 봐〉의 경우, 노래를 만들기 전 6개월을 밖에서 생활했다. 철저히 혼자라고 느끼고 싶었기 때문이다. 나는 가족이 있고, 가수로 살면서 함께 움직이는 매니저가 있다. 그리고 내 음악을 좋아하고 지지해 주는 팬들이 있다. 힘들 때 혼자라는 생각이 들 때도 있지만 이것은 결이 다른 감정의 문제였다. 내가 원하는 것은 내가 경험해 보지 못한 것이었다. 하나보다는 둘이 하는 게 더 힘이 나고, 둘보다는 셋이 하는 게 좋은 것이구나 같은 감정을 어떻게 설명하면 좋을까. 세상에 혼자 남겨졌다는 생각이 들 때 그 감정이 무엇인지 느끼고 싶어서 일부러 방황했다. 그렇게 해서 얻은 감정과 생각을 곡에 담을 생각이었다. 그리고 아버지 때문에 40번 넘게 녹음했다. 그만큼 심혈을 기울여 만든 노래였는데, 매니저가 제작비와 홍보비를 개인 용도로 사용한 일이 터지면서 앨범 홍보를 할 수 없었다. 엎친 데 덮친다고 봉만대 감독이 제작한 뮤직비디오는 외설적이고 폭력적이라는 이유로 방송금지 처분이 내려졌다. 공중파 방송에 나가지 않고 음반 판매고를 올린다는 것은 불가능했다. 이렇게 1년을 허비했다. 그리고 귀인이 나타났으니 그는 EXID 전 소속사의 대표인 유재웅이었다. 그가 내 앨범 홍보를 하겠다고 나선 것이다. 그는 노래에 반했다고 했다. 〈break me down〉을 〈소리쳐 봐〉로 제목을 바꾸고 다시 녹음한 후 공중파 음악 방송의 컴백 스페셜 무대에 섰다. 미친 스케줄을 잡아준 매니저 덕분에 어쩌다 공중파 3사 음악 방송의 컴백 스페셜 스케줄을 일주일 만에 소화하는 기록도 세웠다. 여기에 음악 차트 역주행까지 몇 달을 정신없이 보냈다. 현진영의 재기를 제대로 알린 것이다. 〈소리쳐 봐〉는 이렇게 내 음악 인생에 터닝포인트가 되었다.

〈무념무상〉은 또 다른 감정이다. '일부 몰지각한 권력층이나 재벌들에게 절규하지만 세상을 생각 없이 자유롭게 사는 것도 좋지 않나'와 같은 내용으로 음악을 풀어보려고 했다. 그러다 문득 '모두 가진 자들에게 절규하는 삶, 절벽 끝에 서 있는 사람… 과연 누구일까'라는 생각에까지 닿았다. 사회 소외 계층으로 분류된 사람, 환경 때문에 어쩔 수 없이 절벽 끝에 선 사람을 고민하다 노숙자가 떠올랐다. 이것도 내가 경험하지 않았으니 그들의 이야기가 필요했다. 결심하고 나니 행동으로 옮기는 건 쉬웠다. 12월 중순, 추위가 절정일 때 무작정 서

울역으로 갔다. 그들은 내가 생각했던 것 이상으로 무척 배타적이었다. 지나가는 행인들, 사회의 냉정한 시선이 그렇게 만든 것 같아 안타까웠다. 나는 주위를 두리번거리면서 그 틈에 자리를 잡고 자려고 했다. 그러나 내가 찜한 자리는 그 구역 우두머리의 자리였고 난데없이 귀를 물어뜯기는 바람에 첫날부터 제대로 신고식을 치뤘다. 2주 동안은 왕따였다. 나에게 말을 거는 사람 한 명이 없었다. 무엇이 됐든 노력이 필요하다. 나는 어떻게 해서든 그들의 이야기를 듣기 위해 저녁이 되면 소주를 사서 갔다. 내 손에 들린 검은 봉지를 보고 한두 명씩 자리로 모이기 시작했고 드디어 나는 길 위에서 생활하는 노숙자의 세계를 기웃거릴 수 있었다.

그들은 우리가, 아니 적어도 내가 생각했던 그 이상으로 서열과 규칙이 탄탄했고, 나름대로는 길 위의 생활에서 탈출하기 위해 미래를 준비하고 있었다. 비록 길 위에서 차가운 시선을 받으며 생활하고 있지만, 적어도

술에 취하지 않은 맨정신에서는 타인에게 피해를 주지 말자는 생각도 갖고 있었다. 술에 취하면 너나 할 것 없이 개가 되는 건 똑같으니 하나만 보고 그들을 탓하면 안 되겠다고 생각했다. 노래의 방향이 바뀌었다. 사회 소외계층의 가진 자를 향한 절규 뿐만 아니라 세상 사는 이치라는 것이 많이 가지나 적게 가지나 별 것 없으니 너네 까불지 마라. 많이 가졌다고 잘난 척 해 봤자 사는 것은 다 똑같더라. 그들은 말했다.

"야, 죽으면 몸뚱이 썩는 것은 똑같아. 그런데 왜 그리 아등바등 사니."

나는 머릿속에서 반항과 저항을 삭제하고 그들의 말을 넣어 노래를 완성했다. 그리고 이 노래는 순수하게 SNS 홍보만으로 재즈 장르 차트에서 노라 존스의 곡을 누르고 6주 동안 1위했다.

〈무념무상〉, 2016

겉하고 속 다른 맘 역겨운 그 태도

아직도 몸과 맘을 따로 노셨습니까

부귀와 명예 갖고 씨름해도 부질없는 욕심인 걸

누구든 언젠가는 바람 타고 떠밀려

이렇게 사나 저렇게 사나 어차피 똑같아

왜 이리 아등바등 대며 성공에 목숨 걸고 막 사니

차라리 아무 생각 없는 내가 너를 비꾼다

그 잘난 머리 위로 날아다니는 놈은 못 봤니

사랑과 손잡은 사이 기쁜 날은 오고

욕망에 서두는 사이 따스함을 잃는다

버겁게 사는 삶이 너에게는 진리라고 믿겠지만

적어도 아무 생각 없이 살고 싶어 난

이렇게 사나 저렇게 사나 어차피 똑같아

왜 이리 아등바등 대며 성공에 목숨 걸고 막 사니

차라리 아무 생각 없는 내가 너를 비꼰다

그 잘난 머리 위로 날아다니는 놈은 못 봤니

겉하고 속 다른 맘 역겨운 그 태도

아직도 몸과 맘을 따로 노셨습니까

부귀와 명예 갖고 씨름해도 부질없는 욕심인 걸

누구든 언젠가는 바람 타고 떠밀려

GENELEC

just do it.360
360

Street jazz in my soul

나는 현진영이다.

그리고 뮤지션이다.

나는 재즈다.

나의 길

나의 인성은 어머니가 돌아가신 그 해, 13살에서 멈췄다. 세월이 흘러 지천명이지만 불편부당한 일을 겪으면 나도 모르게 13살로 돌아가 아이처럼 화내고 땡강 부린다. 쉽게 화내고, 서슴없이 거친 말을 쏟아내고, 하고 싶은 것, 하고 싶은 말은 해야 한다. 인내하지 못하고 절제가 힘들다. 요즘은 덜하지만 특히 젊은 시절에는 더욱 그랬다. 그때 내 인생에 브레이크란 존재하지 않았다. 누가 뭐라 하든 마음 내키는 대로 질주했다. 그러다 제동이 걸렸고 그제야 통제가 되지 않았던 행동들이 병이라는 것을 알았다. 정신 병원에 입원해서 상담 치료를 받을 때였다. 의사 말에 따르면 이미 심각한 공황장애와 우울증을 앓고 있는데, 이 병증만으로는 나의 거침없는 질주가 설명이 안 된다는 거다. 13살 이후 불우했던 시절이 트라우마로 남아서 성인이 된 후 치료 약이 없는 완치 불가능한 병으로 자리 잡은 것이다. 나의 브레이크 없는 질주에 필요한 것은 기댈 곳이었고 이것은 곧 부모님의 관심과 사랑이었다. 일찍 돌아가신 어머니와 몸져누운 아버지에게 평범한 가정을 기대한다는 것은 어불성설이다. 다행히 서운이와 하나님이 내게 손을 내밀었고 나의 기댈 곳이 되었다. 2002년 이후 지금까지 무탈하게 지내는 이유다. 그래서 각종 약의 힘으로 살아왔던 지난날에서 벗어나 꽉 막힌 코감기를 떨친 듯 상쾌한 걸음으로 삶의 길을 걷고 있다. 지금은 '혈압약'만 유일하게 먹는다. 아무 '약' 안 먹는다는 말이다.

내가 구치소에 있을 때, 아버지께서 면회 오시면 "오늘은 뭐하면서 시간을 보냈냐"라고 물어보셨다. 사각지대 없는, 사방에서 감시가 쏟아지는 곳이 구치소다. 모두 규칙적으로 정해진 일을 하는 것 말고는 딱히 할 일이 없다. 그러니 대답할 말도 없었다. 내가 대충 얼버무려 대답하면,

"시간을 허투루 보내지 말고, 이런저런 사람들이 많으니 그 사람들 인생이나 좀 기웃거려 봐"

라고 아버지는 말씀하셨다. 이 무슨 공자님 같은 말씀이신지! 보통은 타인의 인생에 '기웃거려 봐'라고 하지 않고 '어울려 봐'라는 말을 쓰지 않는가. 처음에는 어디를 엿보라는 것인가 생각했다. 도둑도 아니고 어디를, 누구에게 그것도 교도소 안에서 기웃거린단 말인가. 가뜩이나 살벌한 사람들이 많은데 기웃거리다 한 대라도 맞으면 어쩌려고. 이런 식의 아버지의 특별한 화법은 어

린 시절부터 나로 하여금 욱한 마음에 화를 불러일으키다 뒤늦게 깨닫게 했다. 어쨌든 그래서 기웃거려 본 사람 중에는 유명한 정치인도 있었고, 세상을 뒤집어 놓은 지존파도 있었다. 나는 용기를 내어 구치소 안 이런저런 사람들이 살아온 인생에 '기웃거렸다.' 그리고 내가 겪지 않은 (절대 겪어서도 안 되는!) 그들의 인생에 기웃거림으로써 다양한 사연만큼이나 다양한 인생이 있다는 것을 알았다. 세상에서 내가 가장 힘든 것이 아니었다.

아버지는 생전에 나에게 많은 숙제를 주셨고 오랜 시간이 지났음에도 불구하고 지금까지 풀지 못한 숙제도 있다. 그 숙제가 정확히 무엇인지 모르겠는데 풀지 못한 숙제가 있다는 것은 분명하게 느낀다. 세월이 지나 〈소리쳐 봐〉를 불렀을 때 숙제 하나가 풀린 것처럼, 나는 앞으로 내 삶이 다하는 날까지 재즈를 하며 나에게 주어진 숙제를 풀어낼 것이다. 풀다 보면 지금보다 더 가까이 아버지 곁으로 다가설 수 있지 않을까. 아버지는 내 음악의 정답이다. 아버지에 대한 강력한 믿음은 나의 마음속에 굳건히 자리하고 있다.

아버지의 말씀처럼 나는 지금 대중 가수가 아닌 재즈 음악인으로 알차게 익어가는 중이다. 재즈 정신은 자유와 삶이다. 삶을 고단하게 사는 사람의 재즈는 고단함이다. 나는 내가 하는 음악에 삶을 녹여내기 위해 오랜 시간을 공부하고 익혔다. 한 가지 바람이 있다면 내가 하는 음악이 재즈를 듣길 원하는 사람들에게 메신저 역할을 할 수 있었으면 좋겠다. 재즈에 담긴 희로애락을 대중도 함께 느끼면 음악인으로서 더 바랄 게 없겠다.

나는 죽어서 기억되기 싫다. 살아 있을 때 많은 사랑을 받고 싶다. 부디 내가 죽고 나서 재평가 안 해도 되니까 지금 내 음악을 많이 들어 주고 다운로드 좀 많이 해 주면 좋겠다.

나는 현진영이다.

그리고 뮤지션이다.

나는 재즈다.

♪ 〈나의 길〉, 2019

집으로 돌아가는 길

하루를 버텨낸 만큼

눈물이 앞을 가리고

흐릿해지는 길 위에서

방향을 잃고 난 멍하니 서 있어

오늘도 나는 포기할까

선택의 길에 서서 고민을 하네

하지만 또다시 걸어 본다

끝이 보이지 않아도

내일의 나를 볼 수는 없지만

이 길의 끝은 밝게 빛날거야

조금 헤매여도 좋아

다다를 나의 이 길 끝에

어제는 어떻게 버텼는지

또 오늘은 어떻게 해야 할까

하지만 또다시 걸어 본다

끝이 보이지 않아도

내일의 나를 볼 수는 없지만

이 길의 끝은 밝게 빛날거야

조금 헤매여도 좋아

다다를 나의 이 길 끝에

잠깐 쉬어가도 돼

눈감은 듯 어둔 길이지만

다시 걸어 본다

내일의 나를 볼 수는 없지만

이 길의 끝은 밝게 빛날거야

조금 헤매여도 좋아

다다를 나의 이 길 끝에

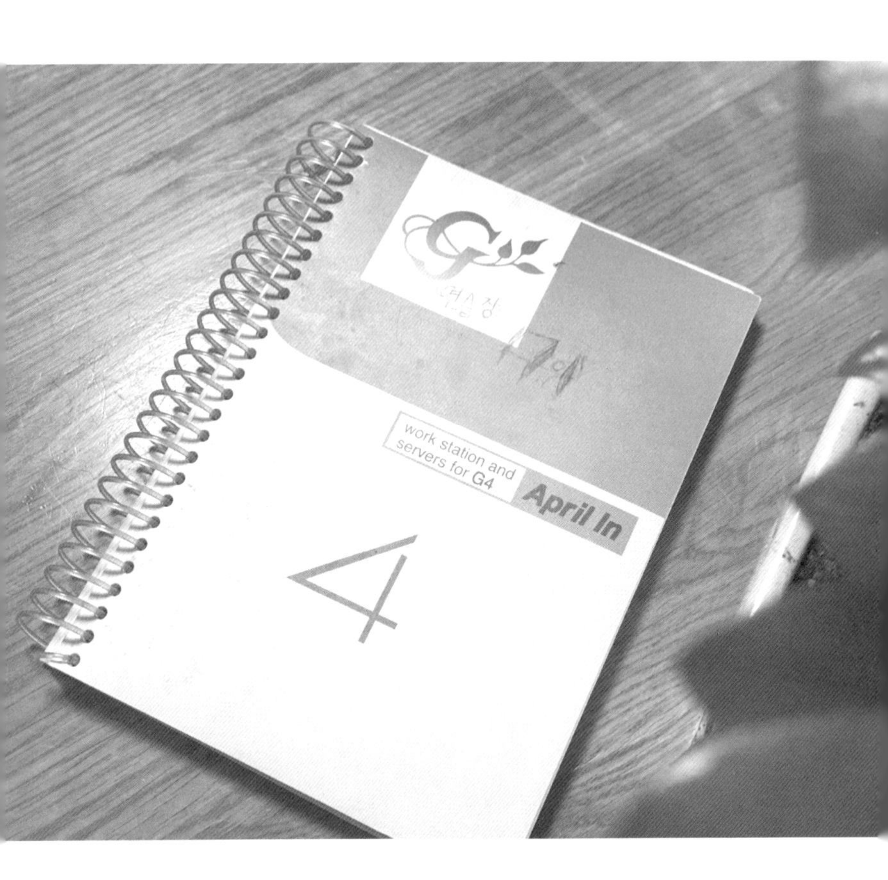
work station and
servers for G4
April In
4

SANG ILL

NY

나는 외계인이 되고 싶다

초판 1쇄 찍은날 | 2020년 7월 16일
초판 1쇄 펴낸날 | 2020년 7월 24일

지은이 | 현진영
펴낸곳 | 도서출판 쉼
펴낸이 | 박성신
책임편집 | 이미선
외주디자인 | 이세래나

등록번호 | 제406-2015-000091호
주소 | 경기도 파주시 문발로115, 세종벤처타운 304호
대표전화 | 031-955-8201 팩스 031-955-8203
전자우편 | 8200rd@naver.com

ISBN 979-11-87580-44-7 (03810)